主编　凌翔　　　　　　　　新时代精品朗诵诗选

寄外梁祝

徐春林　韩汤　著

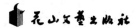

图书在版编目 (CIP) 数据

寄外梁祝 / 徐春林，韩汤著 . -- 石家庄：花山文艺出版社，2024.1

ISBN 978-7-5511-6927-1

Ⅰ.①寄… Ⅱ.①徐… ②韩… Ⅲ.①诗集－中国－当代 Ⅳ.① I227

中国国家版本馆 CIP 数据核字（2023）第 229427 号

书　　　名：寄外梁祝
　　　　　　JI WAI LIANGZHU
著　　　者：徐春林　韩 汤

责任编辑：梁东方
封面题字：李晓君
封面设计：邓小林
美术编辑：王爱芹
出版发行：花山文艺出版社（邮政编码：050061）
　　　　　　（河北省石家庄市友谊北大街 330 号）
销售热线：0311-88643299/96/17
印　　　刷：三河市中晟雅豪印务有限公司
经　　　销：新华书店
开　　　本：152 毫米 × 225 毫米　1/16
印　　　张：14.5
字　　　数：187 千字
版　　　次：2024 年 1 月第 1 版
　　　　　　2024 年 1 月第 1 次印刷
书　　　号：ISBN 978-7-5511-6927-1
定　　　价：75.00 元

目录

韩汤：我从未在黑夜里见过你

徐春林：虫草集

野味

这人世间，除了野味外
谁还期望吃出肉味来

餐桌上太过平常了
所有的肉都卸妆
飞禽的，野兽的
都在秋天凋零时褪去颜色

那些吃过萝卜青菜的人
脸不再抵御寒冷
他们在喂养生活的同时
重新喂养了另外一个自己

她佝偻着

一个从镰刀下走出来的女人
被木屑淹没了大半个世纪
她就像只黑熊
分辨不出黑夜和白天

一个与黑夜对抗的女人
除了风给他清洗满是泥尘的脸
还给她的稀饭里添加了问号

身上一无所有

剪发后脑勺半边疤痕露向了世界

我相信这世界的人是看不见的
头颅是用来仰视的
只有低头时才会看得见高贵
那道疤痕是铁路的轨道
你看见的是无尽的世界和远方

轮胎

悲伤不全是来自轮胎
还有车后位的灯

草间的疲倦气味
雨一停就落到了另外的肩上

我唱的歌

只唱了一半，另一半交给窗外的风
我想尽量挽留，来不及开口一场雪飘飘悠悠
挡住了朝外望的视线

等得那么苍白，一生一世间
黄昏的草棚上的冰块热得受不了时
路人的眼泪也跟着滴落下来

月夜的雨

月夜里，不见你
也不见春天
春天走过了江南
她去了我们见不着的地方

那个地方正好有初春的模样

不曾分离

被囚禁的海水
在时光里摇头
我愿意与山偎依着一直到老
哪儿也不想去啦
就习惯这个地方

铁墙

弟弟从铁墙里撕下两张字条
一张寄给了父亲
另外一张寄给了世界

那个忏悔的世界里
卷着书信的月亮
将另外一个宇宙照得光明

还乡

稀薄的风景与僧人一道击掌
在生命的返潮中还乡

稀薄的乡人在田野里还乡
他们看见的是故乡的人

扫街的人

天还未亮，他就在街上
与一条长街伴着黎明一路走来
那些鬼样子的生灵，遇上扫帚
就会四处逃窜
扫帚离开就会回来
在新的一天里
多少人从灵魂的肩头上踩过
谁也看不见洒满汗水的人间

一朵花

一朵花是爱情
两朵花是毒药
三朵花便是亮丽的风景

一个不懂爱情的人活在隋朝
一个懂爱情的人却活在废弃的世间

小路

路太远，前面是无限的风景
走到哪儿，哪儿都漂亮

一个风尘仆仆的人
一生赶着一道风景

而我父亲呢？
他就像只蜗牛
一生中只爬过我爷爷的坟
也见过坟头上的青烟

梦里的理想

我梦见蝴蝶朝着我飞来
落在故乡的土地上

我看见爷爷在地里一锄一锄地栽种着庄稼
庄稼在喊着他的名字
也在喊着我的名字

我醒来时
只看见荒芜的土地
还有和蝴蝶一起不停飞舞着的爷爷

债务

我又听见驴的声音
一声高过一声
我闻到了驴肉的味道
喝着新鲜的肉汤
我看见了那头温驯的羊煮在锅里

啊，我还欠着一大笔债务
口袋是空空的
不知何日能够全部偿还？

迷失的灵魂

太阳燃烧起了火焰
炊烟像只硕大的黑手怀抱着山村

一个英雄的男儿在水里挣扎
他救过别人
此时，没能救起自己

一把月光

山河一黑脸
月亮就开始呼吸

月亮一黑脸
就看不见了山河

躯壳

假如你慢一小步
我也跟上了
在气候和经济不乐观的时候
太多的人死于非命
可怜了那个出租车的女孩
还有那家出租车公司
他们也是死于非命

虚空

我想念的人，他被诅咒带走了
诅咒灵了，他该走了
所有的善意，思想和表达
也跟着在那个深夜一起带走了
生是白雪，死还是白雪
他笑着说，都九十好几的人
死得了哩
此生他就是一个空虚的人
死后也将面对无限的空虚

半山的高度

俯下身子
生活在肚皮下
抬起头
生活在额头上

站在半山上
生活在腰部
走下山来
生活在云端

胡须

胡须还痛
刀太锋利了
切去了前世
连今生也一起切去

没有不会再见的草木

想象不出你的样子

像一罐苹果酱

打开时有甜蜜的香味

这种味道我吃过

那是一个人的夜晚

一边走路，一边遥望着

——嘿，道不尽的人间

我们的爱情

你始终把自己悬挂在半空
没有归途
你始终隔着一层淡漠与风沙
遥遥相望
你知道人世间只有一块土地属于你我
那就是心灵最隐秘的角落

为之心痛的是归途
那是你的领地
在那里你会变得安宁
没有任何的外来侵扰

光阴

多少个黑夜

我只能化成雨水

滴答地陪伴你到天明

多少个日子

一页一页地翻过

堆积了几十亿年的光阴

碾碎成了灰

黑暗与天明仅一瞬间

在天边，在眼前

重生

本来清晰的事物变得隐秘起来
说不清楚，道不明白
一切的指向都与灵魂相关
活着的人被死去的人打乱了秩序
生活变得异常焦躁
谁不害怕死亡
可谁又会知道死去的仅仅是肉体
在另外一个活人看不见的世界
有地球，有万物
可以上天入地
在天堂，或是地狱
把世间的罪恶进行修为
等待着数年后的重生

面对一座孤坟

醉了千年
却是与一座孤坟相对
隔着一堆泥土
却是隔着地狱和天堂

把一切的思念
抛在天空
抛在云霄之上
让时光把生命圈在一个版图内
生死之间没有距离

生命

在上帝的眼里，生命是高大的
就像是统治者
主宰着裸体外的一切追求

在土地的眼里，生命是伟大的
就像是沙滩上的青春
背负起整个衰老无力的季节

在母亲的眼里
生命是伟大的自由者
时刻迷恋着壮丽的人格
以及从黄昏到黎明的希望

而我，却将生命燃烧成了铁流
倾注于诱惑的母体
将毁灭、欲望全部交给血、性
和惊心动魄式的自杀死亡

驼树与驼人

一棵弯腰的驼树
其实是个瘫痪的人
双腿不能动弹
也不能上球场
只能依靠屁股痛苦地往前挪

一个腰已驼的人
其实是一棵瘫痪的树
在梦幻和黑暗里
把耻辱重新背起

兵马俑的青春

在兵马俑那天好热
汗水湿透了前世今生
我来过
你也来过
在不同的角落
感受过不同的生死滋味

屈原与海子都是后来的人
你捧着的是他们的荣誉奖杯
一张脸谱
却要表演几种微笑
一种在刺眼的阳光背后
一种在黑暗模糊的前方
还有几种在风骨里
在蠕动的蚁族躯壳上
在岁月的档案袋中

白骨精的悲歌

那一个夜晚不得天明
外面是漆黑的
谁会来救白骨精?
它的罪恶已被绞刑
可笑至极，邪斗不过正的妖魔
早已被法外施恩

白骨精死了千年
狡猾智慧让它在阴曹地府
当上了阎王的鬼差
一起冤案，冤了阎王的侄儿
一失错成千古恨
它被打下了十八层地狱
永世深埋在黑夜中

乡关暮色

阳光温暖老屋
笛箫淹没寒冬
薄雾水上，是谁的村庄

这萧瑟的冬日乡关啊
遍地乡愁，伴随着一江秀水向前

那行走在芦苇丛中的女人
任凭年年月月被时光淹没青春
淹没孤独的路人，以及我的爱情

守候天涯海角的人

首先是暗淡
之后是粉红，半边晴
一场雪把寒冬铺垫延伸到大地的心脏

一场雪试图埋葬一个冬天
夜色朦胧，酒
把你迷惑在春天的怀抱

一个守候天涯海角的人
岂在乎朝朝夕夕
背后的航程

爱情向南缘分向北

南崖山下。重阳木，浮桥，河水
这些与生命有关的名词
都与我无关
每天早晨你从那头走过来
黄昏我从这头走过去
站在左岸的是缘分，站在右岸的是爱情
中间少了一座彩虹就变成了孤单
北城的人与南城的人同握一束时光
爱情向南，缘分向北

生与死

只有活着
才会有自己的领土
只有死了
才会有自己的王座

死是又一个诞生的开始
活着你会被黑夜淹没

咖啡馆内的音乐

我喜欢在狭小的房间内静静地听着音乐
琴声弹跳在酒的气味上
宛如是你拂过江南河岸的手
定格成了空气里的剪刀

每个人的相遇都有缘分
奇怪得总是让人扑朔迷离
从不爱表达，就算是有一千万个喜欢的理由
距离在电线短路中熄灭，激流如火焰喷发出了火光
轻轻地抚摸着你的脸，亲吻着你那诗意般的唇
咯咯牙声，就像一个指挥家在演奏另外一首乐曲

音乐永远没有停止
再也感觉不到疼痛和生活的无助
在那长得没有尽头的夜里
我甚至忘记了自己是谁
是地球上的人，还是月球的怪物

布料

因为偏好布料色彩的粗放
她已经无法控制肉体上的自由
毫无戒备地等待着你的随时来访
把为这世界空出的一场等待
全部给你

预留的世界
只等待着相互出场的契机
火焰与潮水寻找不到共同诞生的时辰
而你
宁可错过生命里的一次相逢
也不愿承认誓言里的初衷
她那直抵灵魂的声音
再也无法让你陷入不容置疑的境地

大海

大海一次次暗示我
它爱过的人就一定会死在它的怀抱里
我突然很害怕
巨大的海潮是夺命的妖孽还是鬼魇

温暖事物需要一颗冰窟的心
而我们喜欢在温暖的阳光下燃烧灵魂
却不愿意在寒冷中冰冻自己
你听，远处传来的尖叫声
恐惧中夹着挣扎和不安
谁还愿意把尸体抛弃在大海之上？

两棵树

只隔着一条河流
两棵树却只能遥遥相望
像两位长相厮守的老人
彼此把吻挥洒在时空之上

树不是常青绿
冬天枯烂了树叶
剩下让人嘲笑的光头
任由风吹雨打

来年春天
一棵树依然披着绿装
另外一棵
却枯死了

时间隧道

隧道在跑道的下面
里面漆黑得什么都看不见
一个男人和一个女人
在隧道里说着话
外面却听不见声音

他们不是恋人
却要装成恋人一样
搂抱着
还强吻着对方
像是要上演一出无人观看的戏

走出隧道时
外面是光亮的
两个人行走着
中间还隔着遥远的距离

羊的吻

草站在那儿
一不小心就被羊碰到了嘴唇
草的脚跟矮
它想再猛烈点儿

羊太高了
它低头迎向草
淡淡的吻没有火焰的燃烧
就像我们那年的爱情

古塔

你站着的时候
人们用仰视的眼神注视着你
你的矮小变得雄伟和高大起来
那是你生来注定的命运
没有悲伤和难过

你倒下以后
再也没有人来
那一堆废墟
没有半点儿气味
人们却说你气味难闻

我想为你辩解
寻找了好久
最后还是寻找不到任何表达的方式
我想世界上除了神明之外
谁都无法为你洗清

春光里

我猜测一座我无法抵达的绿色森林

总有一天，枯叶和鲜花倒立的时刻会到来

森林跳跃了起来

我们充满了希望

那些相册背后的光景挂在了墙壁上，仍然充满生机

我们行走过的乡路变得狭窄了起来，小草长出了新芽

所有冬眠的动物都在摇晃着脑袋

所有南去的鸟儿都飞回了枝头

这是春天。阳光里满是温暖的力量

我站在湖边，像是燕子在寻觅适合筑巢的泥

死亡

你死亡之后
留给我的就只是一张瓷像
而你的灵魂去了天上

死亡，是一个句点
那是没有了燃料的火箭
注定最终会变成碎片从天上掉下来

你说死亡是精神的升华
天堂里有一个梦幻般的星夜
你说死亡是一个长久的出逃
那是被人们遗忘之后平衡宇宙的地球

树林

鸟在鸣叫着
林间只有你和我
四周一切都是安静的
仿佛我们到了另外一个世界

阳光总算是出来了
虽然来得迟了些
那热度还是烤干了我潮湿的衣裳
我变得平静了起来
黑暗中慌乱和不安汇聚成了各种光谱

灯光

夜晚是黑色的
你的火焰给了我希望
在那阑珊处
我感觉到了空气中流动的热度

没有灯光的夜晚
压抑得让人窒息
除了恐惧和害怕之外
我感受不到半点温柔

在灯光下你的眼睛变得明亮了起来
我静静地注视着
心跳如初晴的湖水平静了下来
除了力量
我还看见了一片灿烂辉煌

唇

是谁碰了我的唇？
我想肯定不会是你
闭上眼睛
感觉有空气压抑着自己
还有着紧张和害怕

闭上眼睛
把眼镜摘下来
有一股强大的力量纠缠着我
急促的气息环绕在房间的上空

闭上眼睛
坐在沙发上
有一双手从后面拥抱过来
慌乱得忘了自己
睁开眼睛吻变成了金黄的花儿
枝头上蹲满了蜜蜂

光

一发光　即变成了宝剑
漆黑里蝙蝠飞出了藏身之地
大片有着毒害的昆虫粉身碎骨
夏天到来时　我拥有这道光
这锋利之物

毫无奉承你的废话
此刻你瞄准了阴森的那一个角落
大地如蓝　瞬间如寒霜冰冻着蜡梅的枝头
并用坚强的意志绽放傲骨的花朵

光风的嘴巴裹挟着你碎裂
无存活的生机刻痕的剑
畏惧着灵魂的生活用具
越高傲的人越俗气
此刻野蛮、杀戮会回来
慷慨、体恤也会回来

灰色的蛇

你从单薄的壳中伸出头来
那形状活像是一把锋利的剑
瞬间可穿透灵魂
让万物处于无法逃离的恐惧之中

你是蛇
你是毒蛇
你的出现谁都会害怕
只要你愤怒地发起攻击
就逃离不了死亡的命运

我可爱的蛇
你是龙的化身
在凶残的虎皮下，在罪恶狂怒面前
你是一把见肉流血的剑
只要闻到血腥的味道，就会永远失去光明

我没有害怕过
你是动物，是与人类相处缜密的友人
我遇见你时，主动让道给你离开

你本已愤怒的表情

变得从容自如

不慌不慢地消失在丛林之中

裸体女人

你是作家，还是画家
你赤裸着身体打着赤脚背着镜头坐在浮桥上
蛋黄的阳光照着你露骨的脊梁
没有诱惑，也没有想象

平均的湖水是深暗色的
荡漾着鱼鳞般的光
苍老的水藻变得格外夺目起来
水鸭垂着头
像是在神情专注地聆听你内心的故事

春天

你来的时候
雪已经融化了
阳光温暖着大地
大地抖动着
曾经的青春
在枝头上跳跃
你却更加惆怅

燕子裁剪着柳叶儿
柳条是我笔下的册页
雪把你带走
春天啊！
鸟语花香是你的象征

像个少女

像个少女，仙子般的美丽

如梨花覆盖着大地

到处是一片白色的亮光

你看见了最美丽的江南雪

彻夜辗转难眠，那水汪汪的眼睛

时刻牵引你的思维

你的心脏不停地跳动着

不是因为少女而喜悦

在玻璃窗内

那张对外张望着的脸

变得灿烂了起来

窗的外面是一片花香

还有祝福的歌声

石头

大山的深处里
有一块巨大的石头
它卧在水的边岸
仿佛要听清楚大地的哭泣

古树的藤蔓上
有一个粗糙的老巢
乌鸦拍打着翅翼
仿佛要惊破寂静的长夜

而我在漫长的江南雨水中
忧愁和悲伤
只好静立窗台之内
听着长夜的抒情

别离

她手指的轻柔慢慢地失去了温度
我知道这是真正的别离
我把手指放在嘴边
感觉她留给我最后的味道

我问她为什么那么傻
她说恐怕这次你对我的承诺要落空了
她让我收好那块玉
说以后会有用的
她如芦苇的白花柔软在了风中

是的，我永远都不可能兑现自己的承诺
这次我一定要听她的
即使她再也不会看见
那个永远不能兑现的承诺
成了我今后生活的魂魄

最后的画

女人用谎言掩盖着自己的表情
安然睡在了夏天的修水河边
远去的房屋上袅袅炊烟
把月亮画在了云层之上

对感情没有兴趣
连枝丫都枯干了起来
秋天里安详地等待着光秃的来临
画什么都没有味道

我们就快到秋天了
今夜你的黑发是寂寞的夜
在高出天堂的雪山之上
使我彻夜为你失眠

谁能读懂我的画

这世界，除你，还有谁能够读懂我的画？
停顿在头顶上的空气
封闭在了你身体的内部
灵魂在黄昏时背负着这片燃烧的废墟
这标志着天堂的是太阳

灵魂啊！不要躲开我的身躯
在你匆匆来临之时
拿起画笔，画一束鲜艳的花朵
任凭风吹在了青春的跑道上

大地上的树叶发出了声音
好看的颜色染遍了大地
你的力量全部承载着叶子
守住了野花的手掌和秘密

给我一片海

给我一片海，就是给我希望、快乐、
忧愁，以及爱慕的情怀；就是——
给我牵挂的，你的温柔和美丽

给我一片海，就是给我渔船、潜艇
和水手，给我血脉、咽喉和心脏
与鸳鸯一样，相约在廊桥
只在黄昏来临之前——
把天地衬托得五彩缤纷

灵魂会在哪个地方

我时刻怀念着唐朝
怀念着隋唐那个英雄盖天下的年代
云烟四起，豪气冲天
我时刻想念着北方
风雪晶莹剔透了枝头
冰冻三尺，寒风袭人

你的热血已经流尽
侵入了南方松软的土地
在暖阳的照射下变成了过眼烟云
你的美丽已经枯萎
化了蝴蝶
被岁月的风霜印记在卵石之上
你的灵魂也随着河流进入了长江
顺水推舟，不再为命抗衡

你还在那里，你的灵魂却走了
最后只剩下一片枯枝烂叶
被风一吹就散了
你还在那里，你的灵魂却走了
去了一个与我没有任何关联的地方

走了，也就不会再回来

即使是想回来，还得寻找下一个时空的出口

待你回来时，已经不再是宋朝

是哪个朝代无人知道

迟到了，不只是一个朝代

也不只是一个世纪

我用文字影响了一些人

我用爱心帮助了一些人

我还用自己的真情感染了一些人

无论是唐朝，还是宋朝，或是明朝

我都不会孤单

他们的灵魂会陪伴着我

凝聚在绿色的苦竹之下

还会有各种虫鸣弹奏的声音

就算是死后

起码有书做枕头

翻阅时会有我整个生命的记忆

那时，我的灵魂会在书里头

你的灵魂又会在什么地方

影

在六月
你如小七附依在栏
影在水中
侵入了南山的岩，修河的水

枯萎的重阳木
扮演着宁红茶香价甲天下
诗刻碑廊
琪花瑶草风流
月坛千年
色，沉鱼落雁

秋分

在你的身体内部全是火
在另外一个世界可以点燃
微弱的叫喊没有人听见
灵魂在缥缈的夜空中混沌得无法醒来

那是在某日的一个夜晚
你不可能记起与今生无关的记忆
那是无法证明和相信的前生
今生里没有半点痕迹

无声的吉他
在与一个陌生的女人说话
废墟沉沦到了看不清楚的天边
无视黑夜和黎明一起到来

在厦门的海边

一

天与海是一样的
都是那么蓝
我向往与蓝天一样的海洋
在那个写诗的世界
我打开了想飞的翅膀
将梦想飞向远方
在落日来临之前
把太阳、爱情一并生存成幸福

二

站在海边我就想起了你
一个季节里的黄金
我把海岸打扫得干干净净
我在孤独地等，痛苦地等
海外漂的舟，海外漂来的曙光

我坐在沙滩上看着空荡荡的天空

翻开诗经的上卷
是我肢体里流着的泪水
在八月的厦门

三

我背负着的是一片废墟
四周看不见一丝光亮
我是多么希望
能够有人呼应我

我坐在海的底部
一扇门就要关闭
痛苦与海潮一样缠绕着五脏六腑
一个灵魂在大声呼喊
青春,青春

四

你突然来了
海听不见声音
你静静地坐着没有声响
佛祖也许知道你来了
法器不是为你专设的
人们只知道妖魔来了会有巨响

却不知道你的青春

能够感动一个火焰般的世界

五

没有人把自己当成是神

何况世间神并不存在

没有人把思想熔化在火中

何况自己不是火神

纯洁的沙漠被你的毒斧支离破碎

白鸽在海的那一边重新筑巢

远离耻辱和无知

犯错

你把青春都给了他
为他生了孩子
你想想糊涂犯了一次错误
怎么不可以得到原谅

那些有着磨难的日子
都是你默默奉献着的
你流泪的时候
他是否会知道

你是糊涂过
但你现在清醒了
而且也不会再去犯这样的糊涂
我想他会原谅你的
以后你也不会再犯这样糊涂的错误

陌生着，却是真情
多少人相聚分离之后
各奔东西
熟悉却陌生着

空间把人断绝了联络
即使处得很近
也会很远

你一直在近处
在我的眼皮底下
不冷不热的表情
却让我感觉离得很远

某年某月的某日后
我庆幸陌生带来的幸福
那是隐藏在心底最真实的感情

再一次与你相遇

在沉睡的夜梦中醒来
眼前还积攒着朦胧的月色
在一个灰色的长夜里，一个小时里拥抱，
两个小时里使劲地蓝

你的诗句总是在"羊"的字眼中开头
又在"羊"的句号中结束
那种强有力的情感，就像是一把正在弹奏的琵琶
总是让人丧失迷途

经历一个寒冷的风霜长夜
树颤抖着，你也开始颤抖了起来
我离开的时候，心跟着抛弃在大海上
你想回头，让我亲吻你的温柔
天变得更明了，灵魂不得不消散得无影无踪

黑乌鸦

我说乌鸦是黑色的
就像那漫长得没有尽头的长夜
你却说是白色的，黑是毛，白色的是世界
是黑就是黑，是白就是白
黑变不成白，白却会变成黑
乌鸦叫了，不是好兆头。要出事了
乌鸦一叫就有人连毛孔都竖了起来
害怕乌鸦是因为做了亏心事

乌鸦不是让人恐惧的鸟类
它不是食人鸟
没有深切的乡村体验
就不知道乌鸦是多么有尊严
命运岂是外表所能够决定
有谁能够领会它的真实信仰

乌鸦

翘了一辈子的羽毛
始终是黑的
在天空飞翔了一辈子
看到了整个世界
却没有看清楚自己

蝙蝠

比佛有过之无不及

比法器锐利，比台风凶猛

透彻于人间无人问津的乾坤

血肉被时光割裂，焚烧

人性触不到佛的灵魂

谁知道曾蜗居寺庙屋檐之下

夜晚偷偷摸摸出没

见不到光明，却不遗余力地将吸血虫抹杀在黑夜

阴暗的不朽丰碑上，永远看不到你的名字

蝙蝠：在另外一个世界诞生

残酷的手术台

他们需要什么谁都不知道
女人流着眼泪，男人颤抖着手
相互解开了衣袖的纽扣
佛祖会答应她吗？"一定要活着回来。"

长夜是昏暗的，硝烟下遍地是死尸
"还有多少弟兄？"报数后只剩余八个人
军礼敬给无边的苍穹
地球没有良知独尊的世界
残酷以锁链捆绑着时间
毒气将他掩埋在尘土下，烟雾消散的片刻
他的后背布满了飞行的子弹

一张没有主人的照片
永远都自主不了生命
复仇，已经没有了后人
谁还会来拯救这个尽职尽责的煤炭工人
他先走了，她后来活得十分艰难

深埋

也许没有办法可以讲明
刀疤刻在了心里
美容本想将它挥去
耗尽的生命没有逃跑的出口
失望、悲哀、彷徨、惊恐
徒劳地寻找希望的曙光
让时间为之溶解
也许借口才是真正的理由

天空

抬起头，我的眼睛就看到了整个世界
我不打算再低头
也不打算改换其他的姿势
在这个被人性废除的空间里
拒绝命运堕落深渊

家

家是我一生的旅途
在没有上帝和云彩的行程中
我孤独地活在那片丛林下
我没能力把它画下来
却把它挂在梦的蓝天上
很高很高

雅安的周围

在你的周围是一片哭喊
你的躯体隐藏在大地之下
呼吸差点儿被尘土吸尽

你在呐喊中醒来
眼前是千万盏爱的烛光
你失去知觉的腿顿时有了温暖
晶莹剔透的泪水如决堤的山泉
爱在废墟上凝成丰碑

以各自的方式

一毛钱　一床棉被　最简单的方式
老人和孩子用微薄的力量
表达对雅安的爱

在这个相生相存的世界
我们活着　不断相互扶持
在这个相生相存的世界
我们活着用团结的力量战胜灾难

落叶燃烧

我走在落叶的行列
一寸光阴滑落眼前
无数个季节从背后袭来

午夜阳光只属于梦
属于梦中的童年
我在落叶的哗响中失眠
在夜风中

我是一个缥缈的影子
无法抵达那扇虚设的门
用尽浑身力气
距门仍是一步之遥

秋思

风在原野吹过
水在小溪里不自主地流
亦不知道来自何方就来到了这个世界
你温情地向我展露着厚重的笑容
情不自禁地敞开无私的胸怀
把蕴藏了许久的秘密捧上了枝头
将一份美好的希望
描绘得饱满而富丽

就像天空中的云朵
在阳光灿烂的日子里存在着
我喜欢在晴朗的秋日下
在金黄的落叶中
触摸着秋
回味碧空的辽阔与纯净
秋天的收获和希望

站在秋天的田野上
让秋风从耳畔轻轻拂过
脚步也变得轻盈了起来
快步向前行走

因为摆在前面的
是人生最美丽的旅程

一个男人与他的诗

一个男人站在那里
像是一座雕像
静静地等候着他那远逝的爱情

夏天的阳光火辣辣的
这个男人把自己捆绑在
被太阳炙烤得火热的土地
冒着青烟般的气体

他不愿意只看见那个背影
宁愿把自己煎烤成肉饼
也要面对那诗里的肉搏
最后被时间化成灰烬

咖啡馆，栈道或者浮桥

那是我们都熟悉的地方
每次相见都是在咖啡馆，栈道或者浮桥
之后就把思念融进水的记忆

你的名字飘落在水中
无处寻找
一天二十四个小时
我把它刻在了心头
就如同那浮桥上的飞鸟
一直守候着河流里的水藻

一群女孩围着火堆

树林中，一群女孩围着火堆

魔鬼已经掌控了她们

教徒在森林里跳舞

我看见有人赤裸在森林里奔跑

午夜的猩红谋杀，会让你后悔来到这个世界上

你觉得这是上帝的旨意

上帝从没有在我耳边说过话

冒犯了你的信仰，我会先砍断我的双手

凶灵让他们沉睡了

害我在祈祷时笑出声来

你何时跟魔鬼签下了契约

你这可怜虫

我一生都会爱上帝

你是上帝的眼睛，就要洁净这片树林

一棵树

北方有一棵树
叫若木
矮小却高大

世界上有一部电影
滴水穿石
震撼心灵

思念摇曳在白桦树下

又勾起我的思念，你的好
如阳光温暖着大地
偶然间在浮桥下平静的湖面上
寻觅到了你的影子
笑容写满了春天的符号

那是我生命里头珍贵的记忆
不知道如何书写是好
啊，多么遥远
你甘于被岁月的绳索捆绑
任由凛冽的寒风侵袭得遍体鳞伤
把痛苦作为自由灵魂的护身符
我可以告诉你
你顽强的生命
把整个冬天装扮成了最美丽的风景
你的刚毅和朴实
在我的心中树立起了一座永恒的丰碑

一个人独饮一瓶酒

那夜，一个电话
叫上一个女人和一瓶酒
女人来了，又走了
另一个男人的电话不断在催

女人走后，我给自己倒了一杯酒
喝了一半，噎在喉咙
接着喝，还是没有喝下去
从表面上看，我的生活是丰富
可内心孤独得像只羔羊

我憎恨诗人，憎恨几句废话，说尽了世界
我呢？用三年，五年，十年，继续着一件荒唐的事
播种，除草，种地，等待来的却是冬天
遍地白色，是希望，却不是收成

孤独一个人，酒幸运地成为最亲密的伙伴
想喝醉，醉在一个寒冷的夜里
醉给了烘暖的温度

黑与白

我害怕黑，害怕闭上眼睛就会见不到光明
害怕就这样死去，变成泥土
从此感受不到情感和阳光的温暖
世间有着太多的鸟语花香
我害怕生命消失，听不见鸟语，闻不到花香

我喜欢白，自认为白是有知觉的
白能够看清楚一切的存在
能够看到街上的车流和人来人往
还能够看见，至少还是活着的

某天我从万丈悬崖上掉下来
恰巧是白天，我的眼里充满了惊慌的血丝
我是在极端恐惧中死去的
我这才明白，如果换作是在黑夜
悬崖多深不会看见，这样我会死得更安详

西海

我坐着，有那么一会儿
阳光如万颗星辰遍布碧青银湖
水面火红了起来
就像你那充满火焰的眼神
装满了海誓山盟

海水悄悄地从远处飘来
枯叶在你的脚丫周围浮动
像是暗示着我向你表达的特殊信号
此刻，在地球的另一个角落
我把一个名字抛向了无际的天空
——我的西海

海蓝

在苍茫的人世，我们读过多少繁花

美妙，如梦幻奇景

在生命的里程，我们感受过阳光雨露

洗礼着脸，冰凉，刺激，有着不同凡响的呻吟

在我们的世界里，与万物一同生长，最终又一同湮灭

苦难和幸福都在空间，都在一言一行之上

我们的精彩在凡间，也在地狱和天堂

拥抱吧！让我们的气息粘贴

永远停留在一个与现在接近，与将来遥远的时代

竹子

竹子青翠的绿叶
那是你的眼睛
叶片上滚动的水珠
那是你柔软的嘴唇
林间的鸟语
那是我们独有的语言
天空上的彩虹
那是我们的誓言
把竹子种在心里
种在梦回情感的故乡
让它紧紧地把你的名字缠住
在那个被人遗忘的村落
伴随着日子无限轮回

烟花

我的一生今日就此离开
吃最好吃的饭
品最美的佳肴
这一去何时能归来?
留恋的人世泪水
谁能够感受我的温度
肝肠寸断别离
扒开坟墓的泥土吧
阴魂在尸骨的气味上周旋
烟花漫天绽放

一座坟墓只能守一个灵魂
把自己安放在里面
归途是那样平静
不与人世纷争
一切变得清澈透明
把泪水洒落在泥土上
我们是从大地中来
又何惧到灵魂中去

一个故人，也是朋友

青春只留在那一年
在那一年
我看见你脸上尽是幸福的时光
想过时间会过得很快
但是没想到会这么快
一晃就别了，别了好多年
别成了不得相见的永远

你是浪漫的人
喜欢浪漫的爱情
你说肉体只能爱人
灵魂却能爱树
想你的日子实在太苦
那棵你栽种的树还很年轻
牛和羊在树下仰望
羡慕你和张家三小姐的爱情

一个被忽略的人

在薄凉的世界里，一个会送玫瑰的人
她是会受到自然的敬重的

她习惯给别人抹眼泪
在看清楚别人时，也看清楚了自己

人间的信物

各种遭遇都是天命造成的
泪水是人间的信物，除了表达正常的感情
再也没有任何表现

我注定是个无家可归的人
在落日的黄昏跟着一头牛奔走
走在深深的山道上
牛的方向就是我的故乡

端午节的餐馆

餐馆就像座安放在人群密集地方的墓碑

三两个人随时会来，他们像是来朝拜

又像是来品尝往日的美味佳肴

几个瘦弱的人围坐着桌子

一双筷子从一张嘴传到另外一张嘴

突然汽车从街道奔驰而过

巨浪朝着餐馆侵袭而来，很快就淹没了整个人生

我想着阿克陶的夜晚

突然的寒意
陡峭在立春的前夜的前前夜
我们的遇见
在这个时间
做了交接

在那个一穷二白的夜晚
阿克陶的上空
没有瘟神的叫喊
光秃秃的枝头
我看见那个姑娘
她的目光贴在春光中
读着我们别后的第一封信
收到我的信时：梨花已经开了

现在，一盏灯是吊着的
像一片叶子浮在水面上
落叶被卷走的一切，都不得返回
那么多奇怪的木筏
在一丝妒意中荡漾着
我想在这个世界上
除了瘟疫，没有比这更好的情谊

第二个夜晚

你好，三月
见不着你时，三月已经消尽了
在你我之间
画出了一条遗忘的辅线

你骤然而来，又骤然而去
像春天里的雨
一阵阵的
响过后，不再有响声

我在白色的花瓣上写着春天的梦想
淡淡的花香，不停地告诉我
向着阳光就会有更大的风雨
我的忧伤在黑暗中沉默下来
在大地的草木上，看见了你留给我的露珠

不知为何，我却找不着收件人的地址
哪个邮差，哪个时间会去阿克陶？
我喊着春风，喊着道路以南的铁轨
谢谢你，我亲爱的云
我把信投给了空中的邮局

时光灯

去阿克陶吧！
那是你讨厌的地方
我在阿克陶
此刻的月亮很薄
没有人愿意接纳我

一个新鲜的梦
惊醒时脚下穿着凉鞋
我听见夜莺在天空上叫
那么漫长，时光灯怕寒，她喜光
你的裙子，发会儿愁
头也不回，哗啦啦，走下楼去

有阳光的夜晚

我知道，这夜晚的高地
太阳从头顶落下去的地方
这里的一切都清澈明净
那一点点白色的斑斓
几乎是在天上

我遥望着你，在那黑夜清水的底部
一双小眼睛从碧蓝的光里隐没在
地球的边缘

除了你，我再不走进树林的深处
我最感兴趣的事情
就是企图把夜晚变成白天
你朝着我看一眼的时候
半夜就会见着太阳

立春前的割草机

小蜜蜂在草丛中喊着疼痛
惨烈的疼痛
刀锋般杀死冬天的理由
已经足够了

整整一个上午
割草机在嗡嗡地响着
我不想直观地赞颂
疼，她在

完整的草，只有打碎成末儿
味道才会浓

今夜立春

以为过了今天
不，今夜十一点到凌晨一点
猪和鼠交接后
天下就太平了

实际上不是如此
小区的门口被封堵着
让进再也不让出了

我多么希望
它朝着阿克陶奔跑时
能把我的信捎往阿克陶
那时，你的门是开着的

今天的太阳下午出来

我得告诉你
今天的太阳下午出来
你可以摘掉面具
光明和希望就会照在你的心里

从今天开始
所有的病毒都已消亡
日出永恒在太阳升起的地方

一个人的太阳

一开始是一个人走的
走着走着便听见了声音
极其微小的
那时太阳还未升起来

走着走着
一片宽阔的水池，一片宽敞的原野
珍奇的鸟类在河里游泳，在丛中飞翔
太阳刚刚从她的眉头穿过

灯光闪烁着布满银河
你的脸隐藏在丰满油画的臀部
此刻的世界，安静着
在飞机上，还能看见大地边缘的霞光

走着走着
太阳遗落的枯叶被风吹起来
落在你的脚跟下
你从上面踩过，我看见一个太阳
照在你的脚底下
我把这个太阳叫月亮

姐

今夜我只想你一个人
想着一轮月亮
想你的时候只隔着一片叶子
你在水里荡漾着
月亮也在荡漾着

姐，今夜在你的世界里只有一杯酒
一杯可以和月亮对饮的酒
在春风得意的江南
一个少年，和着月亮
一遍一遍地喊着，明年
五月的春天

黑夜里的月光

金色的秋天，就像你金色的衣裳
在沉积的坠落的黑夜，把我从深潭的黑里慢慢托起
晚风把你苍老的手茧吹瘦，曾经的月光现在把你挂在天上
是的，我抬头时，看见了白云，蓝天，飞鸟，乡音和野花
在视野里绽放着闪烁的波光粼粼

我的生命再一次感受你的温暖
就像是被宁静的风吸进了沉醉的大地
我在地面上奔跑着，远处复杂的颜色在某个节点
沉默着生命的尊严，还有用词语无法赞美的爱

今天请你接受我的致敬，我的老师
在风雨中，你可以无法在冰凉的风骨里雕琢出我的呼吸
但是你是火焰的标本，向着一棵树潮涌着做人的底线
在我饥饿的时候，你就是我超越风化的品质

人间疾病

有些病是绝症
治不好就会死人
有些病不是绝症
也一样无药可治

梦到了丽江

一大清早
首批别离的雪，纷纷不息地
落到了上天恩赐的避难所

白色的形体
从四面八方涌来
无数心灵的遗憾重荷
到时候吧
见面恰是旧年的夏天

于来去的国度

从世界的这头
一场紫色的风朝着酒吧赶到了黄昏
怎么，丽江透过那朵白残花失去了神思？
我的脚绊上那袭镶的花边
大风乍作，于是那些晾着的袍子四下吹散
有个声音从墙缝里喊来
宛如老和尚身穿的百衲衣

安详的圣地

这个静穆的夜晚
被白色的灯光调和着
在满怀敌意的地方
把钱作为礼物
给一个路过的孩子
故事便像历史漂游的碎片
小产出来

一个男人，围着一块破布的阴部
通报着一个即将到达的消息
为暗伤的灵魂啊
昆虫正在分娩青铜骑士

东风帖

把我昨天贴给你的东风帖给我
我忘记了，昨天帖里写的内容

在梦里，我看见丽江盛在碗里
用筷子去夹，她还在原来的地方
像是一团空气，但有爱情的色彩

如果有一天你走了

如果有一天你走了
一定是坐着马车走的
你在马车上看不清楚赶车的人

如果有一天你回来了
一定是从冬天的白鹭开始的
因为那时你辨别不出世界的颜色

如果有一天
你穿过夜晚
你还会发现
原来只有那道光是夜晚的唯一

灯火下的女人

如果一个人始终陪伴着我

如果她不是世俗中人

那一定是她伟大的灵魂

我知道世间必定会有这样的人

她不会被人束缚

她在灯火阑珊的地方

我十年前去的时候

她拿着书坐在那里

我十年后再去的时候

她还是拿着书站在那里

她是我的爱人

任凭着一个个季节过去

又任凭着一个个季节来过

她依然还站在那里

一个人背着两个人的债

请你原谅我，所欠的债务
真的还不上
至少在今夜没法还上了
诺言终究是白日的余光
和生命一样都会死亡

只是，我并不知道
那条看似废弃的铁轨
其实一直艰难地活着

理由

每一天都是幸福的
今天鸟儿在黑夜与白昼之间就飞走了
所有劳作和耕种都抛给了我

公鸡啼鸣的时候
我打扫着清晨的凉风
哭着已过季节的旧时美
一个疼痛的理由愈加亲切
像一个女人，肤色美艳
修长雍容

一个秋天漠漠向昏黑

此刻
我准备一个人回村子
寻找我的童年

我刚刚走到村口时
听见江湖的酒无缘无故地哭着

剥削一个爱你的人
不需要用刀
它无须见血
睡吧，夜虽长
蜂鸟停在忍冬花上

月亮

一

秋天，所有的收获都装裱在月亮里
用半个镜子就能全部带走了
枯藤，古树，低头的小麦
就像是父亲布满皱纹的手
慢慢地枯瘦下去
他颤抖着手臂，有气无力地写着"春字"
又像是在向我，展现他的骨头

二

这样的清晨，空得只要敲击
就能听见"咚咚"的声响
像是母亲守着蛋壳里的小鸡
它在叫着，在黑暗中不停地鸣叫
脆弱之声，像是生命的原初形式
把我从浮桥的这头
喊到了那头
河流不深，你静立在浮桥的边上

等待着另一个声响

三

这个十月，我打点着行囊
折叠着，一件旧色的衣服
准备在漫长的冬日里
去一个谁都不认识的地方
你把我送到一个叫杜市的路口
一个转身，一个背影，便是春天的阳光

猫头鹰在黄昏起飞

守候了一天的猎人
他顽皮得像个孩子
等待着猫头鹰在黄昏起飞时
朝天空放枪

此时，月亮的寒光
照在亮堂的枪背上
一颗子弹嗖的一声穿过森林
猫头鹰落在深黑的夜里

猎人仔细地寻找着
他突然看到了诱人的危险
自己的影子
以及熟悉的骨骼

香樟林

总有一天你会发现
香樟林下的羽毛那是鸟儿梦幻的归宿
总有一天你会发现
这古老的林便是众生的居所
总有一天你会发现
活着是另一种精神的文明

那么，请在这个五月
在三十一日的这一天
（也就是明天）
在这墨绿的林莽中
克制难熬的角力孤独
朝空阔弹去——
触痛了的回声

在不朽的叶片后，摘掉荆冠
蹲伏在一棵树下
宁静地审度着中华秋沙鸭的足印
迎面而来的是复沓的渴念
以及钩沉心史的幻美
我听见一个回答的声音

"我情愿，亦愿意。"
然后，才是随你一醉千年

蹲伏在另一棵树下思念一个故人
历史便在闷热的刺棵丛里伸长
东风手持石器追食着蜥蜴的万物之灵
是他昨天的影子？
在太阳升镇的绿纸上
铅画无惑的本真
河流的肌体便有着母女式的丰腴

即刻只属于我们
放逐的诗人啊
无须摇铃寻道
关闭眼睛
奔跑的河岸在这个夏季瞬刻成熟
他们呼唤什么？
他们嬉笑什么？
一片樟林，就是一个故道
一片樟林，就是抵不住乡愁的光环
就是思维坚实的珐琅
其余都是乡音

夜晚的太阳

夜暗了下来

在古城的上空

丰硕的晚霞

像是被神明切开的肉体

汽车在街道上响着各种所寄寓的痛苦

一条遥远的路

计算着生命不停奔劳的行程

谁会像我一样

躺在干涸而宽广的泥土上

任由来来去去的汽车轧来碾去？

地底下没有青草

只有心跳的声音

一阵狂风吹过

就连心脏也被穿透百年

我看见大地的最暗处

升起了太阳

在半空中翩翩起舞

北门路的菜园

我们住到北门路的四号时
前面是一块翠绿的菜地
一个老妇在地里耕耘着日子
她见着我们
像是见着了一望无际盛开的花朵
我们在二楼和她说着话
帮她驱赶着蚊虫
她尝到生活的滋味
那天，我看见她被风吹走
菜地里还挂着她驱赶麻雀的衣裳
在风里不停地颤抖着
很快，菜地变成了公园

一般林立的高墙和矮墙

有人的地方，就一定有墙
我们都在墙里
多少事情都可以放心去做
在光天化日之下
只有上帝才可以拉开那扇门

更高的墙便是树
树木浩大，只有蝉鸣的叫声
比树更高，可以喊醒树上睡觉的鸟儿

在那棵高高的树下
母亲的身影是瘦小的
比墙还要矮半截
那便是我儿时的远方

童年的红蜻蜓

我记得你离开前的夜晚
把精简的行李装在阳光中
没有一本能够证明你身份的护照

飞机停泊在跑道上
它将飞越地图上的一片蓝色
飞过小溪
落到对面的草叶上
让我只能眺望

在这个世界
你是我最不能丢失的亲人

一个人独对白天

我多么希望这是个黄昏
把我的生命像血一样一滴一滴地吞噬
那样我弥漫在无边际的旷野
一个人独对一个发白的夜
必定会想着悲壮的白天

跨年夜

把 2020 年搬到门外，不要畏惧寒冷
你爱的 2021 年正在黎明的早晨
大地和露珠有了丰盈的相遇
流云想告白时，树木已经老去
枝头上挂着飘零的呼吸
我只用河流来想你
如果我失语，世界上的花都配不上你

前世

我见着一条鱼

她跳在野草的阴谋里

渔夫吊起了它的骨骼

可我以为那是一场不会痛苦的轮回

安在

你来，我的灵魂

还有我的全部都在 2021

我与辽阔的人间交换侵袭

我用慈悲通向你

试图在稠密的夜里

把你安在摇晃的月亮上

用我的肉身，时刻凝视着你的地域

还有山河孕育着的啼鸣

为立秋一瞥

这些从古到今的枫叶

遇上秋天就变得火红

这些收获在秋天的果实

不让它成熟实在可惜

这些被灵魂剥夺的泪水

古人流过，今人来过

在回坑，秋天会为你擦亮泪水

但只有廊桥会保持它

你可以选择风，也可以选择太阳

一眼望去，整个秋天都在高处

此生无涯的干旱

做出的，是比千年还近的爱情

复调式的洞见

回坑并无自己的身份
你来了，它便开始彻悟和洞见
灵魂是其他事物施加的
你是不知觉的诗歌材料
是神为你选择的
并将从前世流到现世
从上庄流到溪口
不介意疲倦，不区分姿势
不问流向何方？

寂静的绣花楼

站在秋天的回坑

我哼着的一首老歌

被树叶遮蔽的天空

风像是停在枝头上

绣花楼的本能是绣花的本能

岁月侵蚀后依然牢固地抱在一起

用简洁的词

占有一个思想的迷宫

孤立地静着

纹丝不动

从未诞生的孩子

用眼泪建造一个楼阁

把一个父亲的荣耀，失败和耻辱

都刻在孤独的星辰上

那里没有泥土，没有女人

只有上帝的眼睛和子宫里流淌出来的泪水

一颗玉的心

摔碎了多少石头的脑袋

人反复在天河中老去，死去

而只有神才是个新生儿

母亲她是谁的孩子

她像小孩一样的笑容

并用小孩的啼哭概括着我的世界

树的样子

没有一棵树它看得见自己的样子
在终极的无助和告别中
它挺立在那
用尽全力想撒落身上的尘埃
迎面而来的刀
往着空心的深处，足以取去生命
白色的笛子
像月光一样泼了进来
没有台词的夜晚
菩提树，像着了火一样
眼泪从脖子上落下来

一封秋天的来信

等待一生的八月，始终没有到来
那封寄给夏天的信，邮差直接投给了秋天
一场刚刚开始的演唱会
敛翅降落
大地上最后一个男人
在时间的白色中，叛逆成了陶瓷

黑色的衣服

空着房子，一件黑色的衣裳
夹着一个年轻的故事，在寂寥中低头痴痴偷窥着时光
一张忧郁的脸，在孤立间不敢露出一丝笑容

生命开始枯燥，被夜幕洗涤着
这无人的时间，便是最大的尘，来来往往的人
都不在她的过道上

无人看管的阳光，照着随意搭在衣架上的被子
搓揉着没有拉直，没有主人的就是流浪的
只不过它在等待一场吹面的杨柳风

我在廊桥

不要畏惧寒冷，冬天是最近春天的
一束阳光，从秋天的童话里
来到了廊桥，在冬天穿上了棉袄

山还是一样的，落日是一样的
起风了，树的摇摆姿势还是一样的
廊桥是一样的，梦也是一样的
一滴星光落在夜里
溶进溪流的水中，水的声音是不一样的

每一天都是清明，每一天都是我的廊桥，都是我的梦
和一个沉默的诗人相遇
所有的生命都会活在月亮上

喜欢廊桥边的荒野，小溪
荒野的枫叶就刚好落在小溪旁
一片片落下，空手而还
九死一生的风
抱着石头痛哭

虚构一条生命，一根稻草

车音和赶着羊群走后，草就回来了

这一年，我隔着白雪相望

才想起那个不知名寺庙的钟声

人间的烟火

冷风把夜色吹浓了

你在冰雪的地上翻滚，一个跟头发出喳喳的声音

我看不清楚你的脸，模糊着

我意识到一种冰冷正在接近

几道白色的冰像是闪电

像是从那个认识你的黑夜里不断袭来

我的喊声就是从地底下走进的人间烟火

那个叫汤的温泉，在安全与温暖间忘却了浩瀚的庙宇

而我悄无声息地，记得时光里有一只蜻蜓

在地平线处一直延伸

在山与海之间系着一条红色的丝带

白昼和夜晚，纯白的青春

白昼不是纯白的花朵

更不是玫瑰的暮色

站在"爱情邮局"的三楼

杯中的奶白，被灯塔融入了夜色

我一生的道理都是在女人身上获得的

对于男人来说，女人就是一座灯塔

在他昏暗的时候，她会在他的人生中忽然明亮

万物被黑夜缝合

我依然还在想着那个篝火燃烧的夜晚
余烬的白灰，仿佛在制造黑夜的伤口
风穿行在万物之间
各种灵动的声音，尽可能在怀疑着忧伤的日子
人除了馈赠之外，爱是人性中最高贵的部分
我们该面对善良，该用慷慨和仁慈
归还大地一寸一寸的白

我的世界

今天，我把全部的世界，全部的人生旅途都送给你
在我巨大的身体里，巨大的黑夜里
我被一滴不知晓落自谁人眼睛的泪水融化

你要相信火焰
要相信遥远的传说和未来的显现
相信眼睛，唇和舌
目光什么时候会被遮蔽，神就是最亮的光

黄昏乡间只剩一条路和一棵树

此时此刻，影子说
你细细地观照世界吧！
灯泡的冷光中
有多少不倦翻腾的翅膀

乡间的路是这么说的
生命如此短暂
而只有我们等待一棵树时
那才是永恒

随后，仿佛黄昏是沉睡的男人
躺在她的脚前
长裙的阴影里一滴灼热的泪落下
亲爱的，在无人的乡村
燃烧一把火，黑色低沉在阵雨中

我能感觉那赤裸的风
剥开了树的皮
在惩罚前，我哑然而立
佯装这渐渐消失的炉灶
在祈祷和难熬中度过今天的夜

我相信所发生过的一切都是幻象

无限的法则里，只需一道命令

马蹄再也踩不断树干

虽然我知道，不管谁死了

都不可能复生

戴一个玫瑰色的眼镜

站在透明的窗前

乡村除了一条路和一棵树外

真的是空空如也

自由之书

想说一个真理，一个在天上，一个在地下
他们相遇的地方彼此都没能看见自己
太阳冒险在这里停靠
——邮票还在乡愁的路上

我居然被河水忘记了名字
在荡然无存的脚下
尽管带着最轻的忧伤

真的，乡村不需要家具
在这贴着泥巴的墙壁上
刻画着祷告一样的望远镜
直立起来时，百年的温度被一棵树带走

桥上，一只小鸟抓着护栏
小河想要淹没爱和勇气
可他努力了一把
月亮像个标语，踩着钟走动
一年，两年
那弯曲的路，在那里等待着下雪的那一天

夜晚的少年

在夜晚里逆行
少年在寻找生命中的半透明
他什么也不相信
还在颠倒着黑白

仰望时雨还滴在鼻梁上
一队星星像是停泊在他的心头港湾
闪亮着，一个不承认他活着的世界
只有那条路记得他走过
只有那棵树记得他已经回来
当然，还有星星
在这个夜晚，他所认识的夜晚将不再是夜晚了

也许，乡村里还有没来得及表明的事物
无边的岩石磨损着文字
两只鸟儿画成十字
为了忘却真正生活的虚伪
他开始独自唱歌

在雨淋的昼夜里
变成一棵树，与大地融为一体

就像慢慢地变成了一个匿名
缓慢地听着音乐的序曲

白衣天使之歌

今夜我决定赞美你
你在武汉的疫区，像座雪山
把黑色击退。

你是白色的，像只天鹅
从神话的天空飞来
这白中之白，白之神，白之天使
凝聚着全世界的白！

你是勇士，你是最美丽的人
你穿越时间和死亡
创造希望的奇迹
白便像雪花一样落在人间

韩汤：我从未在黑夜里见过你

我从未在黑夜里见过你

你从树荫下走来
抖落肩上的落叶
我从未在黑夜里见过你
你说黑夜就是你

你把烂泥描述成春天的样子
黑炭也散发着银光
你说黑夜不黑
是一只从左边飞来的蝙蝠
落在左肩盖住了心脏

你代替黑夜留在我身旁
被春风扰乱了原定的方向
夜晚是你
天上有弯弯的月亮
从浓密的树荫里洒下的微光

从此

遇见你的时候
太阳也跟着升起来了
黄昏的街角，灯一盏一盏地亮
想说点什么的时候
你就给我讲个故事
像一颗颗石子，绑在身上
从此，我就掉进海里
只能跟着它，无限沉沦

等风来

那天的雨，一滴成河
落在雷电指引的方向
我说着抵不过沉默的万语千言
你该回去了
继续微风中枯叶般的生活
风儿不止，树枝就要断了
日子是不会回头的，那一滴雨也是
但风可以，只等来时

看不见的秋天

一场邂逅，不一定要等一场雨
但秋天需要
脚步是拖沓着前行的
你喜欢等，等一个可能看得见的秋天
但落叶是透明的
一个白天
就是一地金黄

种子（一）

无论故事的结局是否圆满
我都要为它添个句号
若它是一颗石子
便能在水面激起一圈圈波纹
然后，悄然沉入海底——

可它是一粒种子
会随着风浪回到岸边，生根……
发芽……
在荒芜的土地上
等着秋天一次次降临

这个冬天，病了

风起时，将云推向了同一个方向

我捂住耳朵

听不见空中的风言风语

这个冬天，怕是病了

古老的传承病了，

新时代的爱情也病了

还有我，天真的梦想

是流传于世间的不治之症

抬起头，头顶的落叶会融进烂泥里

连同枝干和脉络，连同恐惧和退缩

今晚的月亮不会出来了

匍匐在还乡路上的旅人

当高歌一曲，衣衫褴褛

也没人见你穷酸落魄的模样

你是

你是童年的老鹰
我躲在老母鸡的后面
怀揣不安
我不敢靠近你
却渴望成为你

你是学生时代的校服
每天穿得不情不愿
我渴望摆脱你
换上艳丽的纱裙
后来却只能无限地怀念你

如今，你是夜行的车灯
我将永远追随你
忘却永远轮回的黑夜
挣脱世代编织得牢不可破的蛛网
做你太阳下的影子
月光里的红颜

叶

随风而去，是蒲公英的梦想
大树立在云霄，不愿
和高楼打交道
它见过远方的世界
恣意汪洋里没它立足的土壤
它乐意站在山冈
给山雀做窝，听溪流歌唱
根扎在这里
叶，也就落在脚下

中秋

秋天的落叶会立在祖母的左肩
芦花伸长了脖子，顶着满头银发
时间是突然慢下来的
像与公交车擦肩而过后的一声叹息
她总是弓着背，却时刻仰着头
目光所及皆是过往，她知道
我终会回来，不在中秋月圆的团圆夜
就在双眼迷离的艳阳天

留在黑暗中

太阳出来的时候，我就躲进云里
你的白天阳光明媚，城北
却下着如毛的雨
想为你捡一片秋天的落叶
堵住乌云徘徊的路口
城北的冬天太冷了。有你的温度
才能燃起火热的希望

我始终留在黑暗中，所以
能为你看见的皆为光明

冰霜来临前的夜晚

风还没有来，叶就不会落

这是秋的承诺

夏天哪里懂得？

解读那炽热的雨，叮嘱那狂暴的风

我只能环住树干

感受坚定在风雨中迂回

日子本该是轻轻地来了，凉意

是在恋人的温柔期盼中加深的

在崩溃的荒野染上冰霜的夜晚来临之前

大雁就会飞回南方去

成年人

把岁月包装成静好的样子
是松柏，是劲竹
你肆意崇尚着常青树的坚忍
生活难免苦辣，其实
我们大可不必每天都是绿色
你可以像梅，在冰雪里绽放
像叶，在寒风中枯萎
在漫长的冬夜里整装待发
你高举熨斗，将岁月的褶皱抹平
我看见成年人的波涛
只在胸口奔腾翻涌

小小的尘

尘埃没见过不与光同行的影子
我把自己沉得很低
坐在地上
聆听地底下呢喃的暗语
把思绪埋在泥土里

一颗心浮在半空
吊着穿透浮华的最后一丝阳光
挣不脱浑浊的霾，等着
露水洗净了白天的最后一丝沉默

我本是世间一缕尘
被雨水膨胀冲刷入海
与浪花为伍曾是奢侈的梦想
路过海滩我回到了漂浮的半生
我终究只是小小的尘

二十六岁的小麻雀

我希望

当我从二十六岁的天空里第一次醒来时

还在继续二十五岁的梦想

和过去的许多年一样

牵着昨天的手，继续明天的生活

我曾将一片春天的嫩芽丢进海里

如今，我拾起秋天的落叶

用泥土掩埋

汲取岁月沉淀后的芬芳

让灵魂同时光并肩而行

我与万物一同生长

与这世间的一切息息相关

被世俗缠绕

也将永远铭记春的希望

我化身为一只二十六岁的小麻雀

停留在你窗外的枝头

任岁月阴晴冷暖

而我——誓不南迁

流淌在指间的故事

将寒冷揉碎在冬天的风里

密密绵绵的期待

洒在温热的土地上

我躲进你的怀抱，喝下一口滚烫的米粥

指间的汤匙给我讲了个晴朗的故事

你望向我的时候，月亮也跟着出来了

漫天繁星闪烁在你的眼睑

一缕朝阳，绚烂了连片的阴雨天

我希望你是你，我希望你不是你

我希望你是你，做夜晚的街灯
向萤火虫诉说心事
我希望你是你，做天上的月亮
聆听启明星的耳语
我只希望你是你
立在东方，而我做你的云霞
守望着黎明的到来

我希望你不是你
能陪我筛选生活的缕缕阳光
向世界宣读敞亮的誓言
我希望你不是你
站在舞台上，而我站在你的右手边
你会告诉我明天旅行的方向

多希望你是你
如冬天的雪花，惊艳我整个世界
多希望，你不是你
初升的朝阳里有你
落入的余晖包裹着你

一棵草的愿望

种子的一生，从一朵花的凋零开始
花瓣散落窗台上
母亲的肚子圆鼓鼓的
希望我的出现
不为她对生活草率地敷衍

时光是逆行的草药
从不对未来许下短暂的誓言
不必苛求肉体的永生
做你一腔热血后圆满的结局

做一株顽强的野草
活在无人涉足的僻静空间里
流落荒芜的庙宇
做石阶下一抹微笑的绿色
乞丐灶前忠实的守门人

漆黑的荒漠

我在黑暗中睁开眼睛
从影子的缝隙里捕捉到一些光明
灰色是夜的留白
像一只等待在沙漠深处的骆驼
它回望被风沙掩藏的足迹
绿洲，不会自己从远方飘来

最后，它站起来了
拉住那些被饥饿吓跑的希望
抬起前蹄，却掉进了另一个沙坑
此时，我是一只骆驼
被疲倦烦扰的清醒的意志力
就是独自走出一片漆黑的荒漠

被原谅的理由

深夜的徘徊，总道不出畅快之意
那些自我宽慰的话
只能留给濒临决堤的自己

夜晚是无数道密不透风的黑色屏障
似乎每一道都来得信誓旦旦

或许晚归的大雁给过我骄傲的底气
总觉得那些关于金钱的结果都不够脱俗
我本是个穷人，所以我的诗也不那么富有

多年后，我终于
又回到了那个没有汽笛声响起的夜
始终隔着一道玻璃的
是黑得纯净的天空，远方远在天边
或许踮起脚尖也能看见

我给心灵画了个界限
撞破南墙，又将它放回了风中
想找一个全能的工匠
给自己一个被原谅的理由

从黎明到黄昏

太阳出差的时候，月亮也跟着去了
今夜，汽笛声突然早睡
半空里没有夜莺独鸣
满地枯叶，挣脱了空洞的树梢
我听见了穿透灵魂的呼号

独坐高楼里，我只借了一盏孤灯
墙壁是坚硬的，可书很柔软
风儿止步于眼底
它失去了吹灭万家灯火的能力
就这样伴着我吧
从黄昏到黎明

亲爱的，如果我们的日子擦肩而过
请记住这个秋天
那个芦花贸然飞舞的时刻
黑夜不会告诉你
是风将它们吹散在云里

原味的人生

你来自海底，那座远古的山脉
石壁的年轮残存着流水的踪迹
辗转的时光，漂流着
那些被遗忘的过往

记忆是一台旧彩电，颜色
消磨在跳跃的屏幕中
你将笑意隐藏在夜色里
穿过都市的繁华，向秋风娓娓道来

我经过迷途的山丘
残留的杂草，被遗弃在不被涉足港口
你是村庄过滤掉的甘露
要去远方滋润一株心爱的玫瑰

远去的旅人
记得给裸露的故土披件碧绿的衣裳
尝过各种味道的心情
可有找回原味的人生？

去新疆的女人

去新疆的女人，像是戈壁滩前的格桑花

凌风开放，却无畏无求

我喜欢去新疆的女人，满眼的笑意是认真的

看着风将沙子扬在空中，她的呼唤出自灵魂的冲动

去新疆的女人，是一阵东南风

抛得下生活的柴米油盐，扛得起现实的油盐柴米

一粒米绽放成一朵花，每道菜都是一次美丽的邂逅

比起去香港购物、去巴厘岛度假，我更羡慕去新疆的女人

她们主宰着人生的方向，有穿越昆仑大峡谷的豪情，也能融入白

沙湖冰沉的静美，合围的雪山就是最虔诚的见证

我想成为去新疆的女人，我想成为去新疆支教的女人

孩子有着天使的外表，女人赋予他们天使的灵魂

当春风吹到祖国尽头的时候，巴仁的杏花和女人就一起绽开了

像不曾来过，像不曾爱过

思绪化作一阵风，我会在某个春天来到你的窗前
给你每天清晨一睁开眼睛就能看见的那棵杏树涂上一抹绿色
或者，再添上几朵粉红的花
如果没有，那我等秋天一定来
带着柳树的种子，再往天空运几朵江南的乌云
相信即使长在南疆，它也一定挺拔俊秀

只有羊能听懂羊的语言，你是中华儿女
自可以什么都不说
千亩棉田绽放纯白的希望，轰鸣的发动机收割柔软的生活
回忆是绵长的，我带着江南的云去过那里
去时，带着乡愁
如今，我回来了——
为何也带着乡愁？

梦回南疆

南方的酷暑渴望用炽热点燃南疆的冬天

你拼命将袋子塞满了胡饼

然后，和我一起闯进了沙漠深处

早预见的风暴，匆匆地，来了

留下漫天未完的待续

该下的决定，等攒够了重量

自会尘埃落定

或许，南疆的驼队会在黎明的梦里经过我的耳畔

驼铃儿叮当作响，沙漠在晨光中将息

人们将悠长的身影洒在柔软的时光里

南疆姑娘面纱轻启，婀娜的身姿

摇曳在凸起的驼峰上

阿克陶的回响

时间的年轮碾动巍峨的雪山
慕士塔格峰已屹立千年
阿克陶是帕米尔的韵，留在
昆仑的豪情，顺着峡谷蜿蜒流转

峭壁上传来都塔尔的低吟，达卜的节奏随之响起
红色面巾掩不住玉女的盛世容颜
我敲响生命的警钟
荒芜的隔壁也传来了白杨的回响

乌鸦是天生的夜行者
却留在那由无数个黄昏堆砌的白天
我将记忆搁浅在白山湖畔
火热的玫瑰、发光的芦苇，还有校园里
孩子们毫无修饰的童颜

北京，立冬

你们只管喃喃语
喳喳的枯叶踩着
敲打在往来的汽笛声上
那支酸辣无味的民间童谣
此刻，我又听到了

地表的虚线是人为的
轮子底下碾着的
不过是人心底的界限
跨过那条街道
一片梧桐树叶来自路的另一边

你来的地方，染上了一树金黄的银杏叶
而这里有一整片森林
我们来自修水的秋，飞到了冬天
北京便起风了
就像清明一定会下雨一样
这一刻，冬姗姗地来了

黑夜里的小灯泡

我喜欢在清醒的时候留一盏小灯
能看见你的眼睛就好
被神灵眷顾的夜晚
嘴角带着不经意的微笑

在睡着的前一刻丢掉过去
像躺在影院的最后一排
像突然熄灭的大屏幕
砸碎那个会发光的小灯泡
安心地睡在黑暗里

你隔着黑夜感受我的狼狈
在昔日的道上促膝道别
你没有掉头回来
带着装满话语的喉结
在黑暗里颤抖

庚子年立春

你像黑夜里的幽灵
一步步向我逼近
我蹲在深山的旮旯里
嘈杂的数据，震耳欲聋

隐形的恶魔撒下万恶的种子
人们封掉所有通向你的路口
只留春风
从缝隙里通过

世界的反思，是大多数人的反思
蜷缩在角落里的懊恼
夹杂着愚人的无知
还带着瞒天过海的侥幸

我活在这个冬天残存的岁月静好里
穿越到了负重前行的庚子年
恶魔挡在临行的路口
又一个春天悄悄来临

阳光的影子

你是阳光的影子

遇见大地，就会变成蓝色

我是草木的孩子

还在低矮的屋檐下撒泼

你给白云讲了个故事

我变成老鹰，也飞上了天空

抵不过风儿的阻挠，幼小的翅膀

便注定了半生漂泊

你凝望的眼眸化作一汪碧水

只一声呼唤，我便坠入了柔软的怀抱

我听见春风吹来

我听见春风吹来了
瘟疫还徘徊在逃离的路口
风贴近时光的脸庞
泥土散发着幽香

一棵草便是一个世界
一束花能点亮整个春天
你的护士妈妈回来了吗
我终于敢一个人去厕所了
天黑黑的一点儿也不冷
远方的星星将恐惧点亮

我在睡前收到了老师发来的作业
红色的评语充满了鼓励的字眼儿
是谁的脚步停在门外
挡住了我对新学年的期待
我睁开一只眼睛望向黑暗
坚定的眼神没有了稚嫩的残骸
我知道黑夜不会被射穿
但黎明正在马不停蹄赶来

两个春天

我还欠你一首诗
在第一朵油菜花开放的时候
　我想给你一个拥抱
在你凯旋的那天

你说你错过了油菜的花枝乱颤
终于赶上了满岭的桃花盛开
金色的是一个春天
粉色的是另一个春天
　你们相遇在各自的春天里

你说你也有两个春天
　一个是白色的
穿着天使的制服
还有一个是粉色的
满眼是孩子笑红的脸

东岭的桃花终于开了
蜜蜂没有食言
病毒终于控制住了
团圆如约而至

燕子

我是一只南归的燕
归来已不见旧时的老巢
你有一根纯白的细线
载着我不切实际的梦想

你在黄昏时打开儿时的天窗
晚风吹进几丝斜阳
我追随阳光而来
却被玻璃挡在车窗外

一场夜雨收回春的温暖
洒落的梦想没有该去的方向
我等着黑夜悄悄降临
守候在太阳再次升起的地方

盛夏的雪

透过绿叶，我看见几朵蓝天

嵌在绿意的枝头

日子在宁静中渗透着几丝热切

阳光的色彩千丝万缕

透过竹叶的芬芳笼罩着古朴的山林

用过冬的心情徜徉一整个夏季

赤诚地迎接正午的满地银光

想象着，是这个世界突然下了一场雪

冰冰凉的风吹进了内心深处

我来到佛前许下岁月静好的愿望

无言的默许，敲响了黄昏迷离的梵音

我相信每一张签文都怀着期许

虔诚的信徒怀着一片丹心

你听得到，也听不到

路就在眼前，抬起脚就会踩下去

遇见艾青

你有一个带着叹息的名字
我常在清晨的迷雾中捕捉你的身影
那些依然迷糊的山林
总会在坚守中逐渐清晰

我从梦中惊醒，独自守着
一个雷电交加的夜
面对这个世界最真实的自己
慌乱的风雨，竟是无比深情的独白

夜，没有了宁静
像一场三个人的情感，注定腥风血雨
你说，你的思念是圆的
遇上介怀，是否也会被雨水濡湿？

你带着叹息款款而来
淡淡的草香依然芬芳着你离别后的世界
总有一棵小草在荒芜中坚守
遇见艾青，便与春天邂逅

种子（二）

杀死一棵树

不仅仅是锯断它粗壮的树干

而是将它的枝枝叶叶

连同地底下的根一起刨除

这些还不够，还有

那些散播在四面八方的种子

掉落在城市的角角落落

有些会发酵，有些会发芽

像流言蜚语般，遍地狼烟

摧毁坐在电脑前的人　最后的防线

今日小满

认识你，就是进入一片原始丛林

我沿着蜿蜒的山路，寻找溪流的尽头

离开你，就遇见了无数个风雨交加的夜

我不敢期待，天会突然变得明朗

有些月光，它就是一根针

只要你还清醒地活着，就一定会将你的皮肤刺痛

小满，一个苍白的雨夜

你陪我坐在离家三十公里外的办公楼下

一句话戳穿的事实真相，看起来更像是一口枯井

一口再没有源头、再没有活水的井

我变成一只乌鸦，眺望着井口

这些日子衔来的石子在井底堆成小山

磨灭了我终将喝到水的愿望

我们都曾为寻找生命的意义扬帆起航

只是大多数人都不曾沐浴胜利的曙光

有人流连旅途，忘记了最初的坚定

有人抱憾终生，忽略了沿途的风景

主角光环让我们相信绝地可以逢生

可平民大众往往一招致命

不愿沦为谁的配角

参与，就是以一棵树的形象

在风雨中与你并肩而立

蝉的离别

给耳朵戴上防护罩

秋风只能将动人的故事说与路人听

这个夏已然走远

我自动屏蔽了秋蝉年迈的叹息

假装看不见纱窗内清晰的背影

有些人瞎了半只眼

凭借着自我宽慰过着宁静的生活

有些人长着三只手

在隐秘的黑夜里履行着痴人说的梦

那个脑袋长得靠近心脏的女孩

她注定只听得见自我的声音

如果你也能坦然接受蝉的消失

那么，也请期待它下一次的轮回

左岸

徘徊在绿茵的左岸

河面的那座桥，被街头的舆论

拦腰截开——

我是个普通人

双手能搬起的石头，左不过心眼儿那么大

偶尔惊慌，一失手

就砸在自己的脚背上

在夜晚，人总是很容易将自己逼入绝境

信念有时像极了蒲公英，晚风一吹，四处飘散

清晨的露珠更像是它的包袱

我总是在等，等天明，等秋风——

等轻盈的步伐再了无牵挂

我以为行囊给了我远方的底气

却也成为我留下的理由

秋天的绿叶

这寂静的空气像极了秋天
一片摇摇欲坠的枯叶
和一个周身清冷的女人

岁月是永远吹刮着的风
我们是这风中的浪花一朵
晴时熠熠生辉，偶尔澎湃汹涌

这世间的大多数人
都像这秋深处的一片绿叶
即使用尽了毕生的力气
仍抵不过离别的宿命

合群的人

练歌房里，朋友的每一次递麦
我都能接上，摇晃着夜深的高脚杯
却找不到一句歌词
治愈立在木桩上的自己——

我知道最近的每一条热搜
哪怕一个字都没有使我真的兴奋
参加每一场聚会，为
台上的每一个人欢呼鼓掌

混迹在人群深处
在往来的对话中不断寻找
像沉浮在绚丽无垠的宇宙
夜空的点点星光照耀着虚空的躯壳

你可知我要去向何方？
每一次发问，都陷在酒局中几近癫狂
我将脸埋在掌心深处
感觉有一个世界开始流转
低沉、回落——
似一颗珠子，轻轻地——
最终掉落在地面上，我终于
也没有再四处寻找

没关系

被随意遣散的情绪
总会乘着风回来
像熬过了一个冬天的小草

不必活得像大多数人，不被理解——
没关系，和别人不同——
也没关系

何必非做一个合群的人
不害怕明天的遇见，却总是
忍不住去计较，我是否又失去了谁

此生，愿当一名刺客
遵从内心直白的号令
穿行在这灯火阑珊的平安夜

昂贵的包

这世间的规则就是一个名牌包包
有了礼尚往来后
便不再有人一味付出所有

你背着用所有积蓄买来的空壳子
将我隐藏在隐秘的夹层
我并不贪恋这栋豪华的房子
只想靠在你身体最温热的部位

你逃不过内心的枷锁
我躲不开人们眼底最浅薄的追求
丢不下一个昂贵的包
也留不下一个本就该走的人

高楼

那辆货车就从我床头经过
隔着一堵墙，床板微微颤抖
就是这种被阴暗填满的储藏间
也总藏不住那些敞亮的梦

爬上高楼，住在半空里
去广场的那棵大树下，双手合十
然后亲手系上一根红丝带
抬头仰望的瞬间，看见的
是否就是你人生的高度

如果未来抬头就可以看见
就会真的变成一栋楼
冰冷的水泥混凝土，筑起
一座雄伟的空壳子
然后，用尽半生的力气——

立秋的约定

总觉得这个秋天来得有些迟
因为，我早已见过一片绿叶的枯黄
得凋零的时刻，谁又一定能等到一个秋天
立秋了，离收获还有一段马拉松的路程
它跑在前头，你说只有匀速的奔赴
才不会失去追寻的意义

当第一缕秋风轻叩廊桥的木门
你满脸欣喜，又将尘封的往事说与我听
家里的大黄狗听到了未来的约定
人们只将目光投向过往
当短暂的离别带走盛夏的忧伤
总要有一场雨送来秋凉

黎明的开关

把该说的都说了

没有哪条法则规定故事的结局

一定如期待般美好

午后黄昏微澜

这个夏天的阳光就晒到今天吧

今夜是一堵墙

你憧憬的未来在另一边

酝酿的火柴会被时光擦亮

我是飞檐走壁的夜行者

脚跟落地的瞬间，就打开了黎明的开关

这便是你我今生的注定

人生不过痛饮一场

我明白人的情感不会像一棵树
嫁接和转移都是有后遗症的
我不知道幸福是否会在来年春天发芽
但这个冬天，仍对自然保持敬畏
那一丝曾在岩缝中给予过温暖的东风
依然在手心微微荡漾
送它回家吧，从此
过去与未来便隔着山川与湖海
浩渺的烟波再卷不起思绪的浪潮
其实，人生不过痛饮一场
只是有人选择了沉睡
有人越喝越清醒

归途

总有人让你等

是等下次，等哪天，或是等以后

等一树鲜花掉在烂泥里

等路上的车流迷失了方向

你以为他会误打误撞来到你的跟前

仰着脸，捕捉你的笑容

就像捕捉天上若隐若现的那颗星星

一滴水打在发梢

是下雨了，和你想的一样

为你打伞的人依然独自淋在雨中

寻找的路算不上拥挤，只是

过客太真，而他尚在归途

再添一杯茶

遇见那天，你在堂前为我沏了一壶双井茶

君如茶，带着土地厚实的气韵

简简单单两句话，如茶香浩荡，如岁月悠长

陈年的往事立于山腰，薄雾中的清晨

承载不住一杯酒的热度

敬你一杯双井茶吧，弥漫千年的茶香

早已被岁月磨平了苦涩的余调

我将无数个日子娓娓道来

似乎每一缕阳光都承载着神圣的信仰

黄老先生用半生诉说着双井茶事

后人的回味已越千年之绵长

汗水浸泡的茶叶已然烘干、晾晒

如果你还有未解的心结

请再为我添上一杯双井茶

礼敬袁老

今天，我是一朵白菊
我渴望开在长沙的街头
用白色的高尚
礼敬袁老的养育之恩

今天，我是一粒饭粘子
费尽心机落在您夫人的领口
只为最后一次目睹您慈祥的容颜
您也是我们的家人啊！

今天，我是一朵忧伤的云
搭万里长风来到长沙的上空
我以为我能忍住
当看到满城痛哭流涕的行人
也不禁流下伤心的泪珠

明天，我依然是一名人民教师
将"珍惜粮食"贴在食堂的每一张饭桌上
将袁老的精神刻画在孩子们的心中
我们怀念你，不只在今天
我们追随你，在每一个即将开启的明天

乡镇公交

忘不了无数人的汗水混合着汽油的味道

一辆大巴堆满了人

向南，停下，继续向南

一趟年迈的公交车

司机大叔成了它的拐杖

脚下的路革了几次新面，轮胎补了

又换了一轮

在恋人般的相互消耗间，重复着崭新的记忆

路旁的樟林，过滤掉曾经拥挤的人潮

留下的乘客里，往返着几张熟悉的面孔

某一天，就丢失了一个蹒跚的身影

某一天，一个新的孩子踏上了这辆公交车

接下来的很多个周末，他都穿着校服站在过道里

直到……看到一张似曾相识的脸

男人手握方向盘，黑色轿车从旁一跃而过

像二十年前的一阵风，从左边呼啸而来

吹花了司机大叔的青丝，也刮破了

崭新的皮坐垫

默契

叶落汤汤，一杯甜酒酿造出桂花的清甜
而你，是一片落叶
陪着花开，在万物复苏时勃发
在生命凋零时凋零
守着万千寂静的日子等一次金色的绽放
是啊，今年的花期格外热烈
冬霜一来，还不是各自离散
我们是一对默契的恋人
一个提前离场，一个假装沉睡

雨的叹息

每滴雨都像是一声问候

落在石头耳边，就成了叹息

我怀念远方的小树

下一次见面就会长成大人

我们只是遥遥相望

几声寒暄，就像几颗果子落在草地上

不会再有鲜花的盛开

再次发芽，就到了来生

此时还能相互调侃，真好！

还能相看两厌

也不错

昨天的影子

我变成你昨天的影子

曾跟在你身后

你在黄昏时丢下一堆华丽的辞藻

转身的瞬间，就让我迷失在丛林深处

独自走过一片苍茫的雨季

直到又一个秋天来临，我终于

在阳光里找到一片完整的落叶

我还是做回了自己

站在与眼睛平行的高度

看无人问津的风景

一个农村长大的孩子住进了高楼

他去了很多城市，却永远

也走不出一座村庄

擦肩而过

等着时间过去，有多少人
日复一日，年复一年
用岁月堆砌那个
轻易就会被意外摧残的念想
路，延伸到远方
在还没有被踩在脚底下之前
请做个追随者
这无疑是个自由的时代
似乎人人都曾与成功擦肩
然后……徒留下悠长的背影
读那首遥不可及的诗
你不在时
就独自蹲在墙角的树下

平凡的生活

此刻，天不明
人与人的靠近就是一块流转的土地
我从过来人的故事里遇见你
去你流连的广场，靠近望月的茶台
坐在被水泥抹平的马路边
累倒了，躺在千年不倒的古树干上
还是迷路了
地底下的声音喊破了嗓子
也没在年岁的洪流里留下一丝回响
我抱住千年的枝干
日子的洪流喷涌而来
这个世界上还有多少人，踮着脚
才能艰难地触碰平凡的生活

雁南飞

那只大雁，其实本可以不用飞到南方去的

现在的北方，为它筑了巢

外面是零下六摄氏度的寒冷

巢内是温暖的春天

今年的冬天来得急，夏天刚走

冷空气就来了

越过冰雪覆盖的群山，只能

在一片荒凉中窥见茂密的热带丛林

它们向往北方，所以

会在每个春天不远千里

它们终要回去，那里

有它迷途的归宿

心灵的世界千奇百怪

明明四海可为家

可偏偏……人人都只有一个家

大雁也是……

哪怕掉落雪夜里，流亡在半道上

一颗心非要去的地方

每时每刻都在启程

一只乌鸦

一只乌鸦钻进了土里

被山上的落石堵住了出路

我不愿相信这就是现实

更不敢让一切从我的口中说出

怕乌鸦心灰意冷

也怕石头自责内疚

有些人没有脚，有些人没有家

一场看似自由的抉择

其实每一步都带着绝境的锐气

孩子的下课铃声充满积极的能量

成年人的出操往往隐约着倦意

我睡醒了，在一场被宿命操控的权限下

完成一次梦魇的突围

那只乌鸦没有回头，所以

从山坡的另一端破土

冬眠

一入冬，我就陷入了沉睡
心脏敲打着床沿
它告诉我，整个世界都在妥协中过活
被一阵风鼓舞
竹林也在夜色中蠢蠢欲动
一条恶犬，盯着一艘从对岸开来的小船
在人们的驱赶中警觉地观望
是继续坚守，还是从此流浪
我在沉睡中回避了所有的抉择

生活的状态有时就像自己体内的脂肪
不燃烧，就会堆积成一个胖子
没有去远方，这似乎是我顺其自然的选择
变成一个围着原地转圈的流浪汉
这是我的领地，谁都可以占领
但任何人都无法侵入

总要在一场风和日丽的硝烟里醒来
那天的竹林格外苍翠、笔挺
躺在河边柔软的草坪上
当第一缕阳光亲吻我的脸颊
我就在万籁俱寂中睁开眼睛

从天亮出发

一束鲜花掉进了河里
就有一颗心碎在了原地
离开的身影
随着过往的云烟胡乱飘零
你没有随风而去
而是认准了一条河的流向

这是与旧年言和的方式
你将鲜花与掌声留在了江边
我也将眼泪还给过往
明明知道每一个夜晚一定会过去
却总是按捺不住对黎明的期待

今晚的月光格外纯白
晶亮的河面闪着明目张胆的泪花
你随着流水，追寻一座孤独的岛屿
我荡着秋千就留在脚下的故乡
来日就从天亮出发吧
是此刻，也是过往

它在沉睡，也在醒来

就是突然想逃离这副躯壳

和它所拥有的，以及失去的一切

我总是戴着一张清冷的面具

其实里头还藏有一颗清冷的心

像这冬日的风，往哪个方向吹来

都是同样的温度

但我的血肉里，还涌动着

一股残存的热浪

它只是陷入了沉睡，在爱情

与理性的搏击中

在冰与火的热烈碰撞下

它轻匀的鼻息瘙痒着夜晚的肌肤

它在沉睡，也在成长……

它在沉睡，也在醒来……

面对一整条河流

我想给自己无数个这样的午后
一个人，面对一整条河
看它原地的脚步
和无限延伸的远方

寻找孤独，因为本就孤独
所以无人问津也是常态
人，一旦学会了享受孤独，其实
就是找到了自己
总在寻找别人的人是看不见自己的
那些深刻的认识，只能在
荒芜中不时出没

一声鸟鸣，打破了一面孤独的铜镜
突然就醒了！
魁梧的银杏树，将琐碎的
细枝末节抛给天空
却留下满地腐朽的枯叶
和伴着糊涂的自信缥缈远去的炊烟

发芽的愿望

人的信仰种在头顶
所以眼睛应该是朝着正前方的
偶尔得意，可以微抬下巴
用鼻孔朝着鄙夷之人

目光必得清明，看世界
也看自己
畅想河水的尽头，感受风的走向
不是每一朵花都会在雨中抬头
但要相信，每一颗种子
都有一个发芽的愿望

这里的每个孩子
都是一颗埋藏在土层里的种子
而我，是一位有严重近视的园丁
我从不戴眼镜，却看见
一朵遥远的太阳花开在清晨的迷雾中

顺着风向就下吧

在长夜里不住地提问
问她，也问自己
同样的问题，答案并没有太多出入
可每次回应都像战鼓
掀起内心瀚海般狂热的浪潮

语言在关键时刻总是空白的
我不愿用草率的话语
搪塞一缕被过度保护的热情
我怀着喜悦，也带着些期许
却只看到，时间的长河里
淌着鲜血淋漓的真相

月亮下的对白静悄悄的
我问过时光，也问过自己
岁月不曾有过一丝草率的决定
找个台阶，顺着风向就下吧
先过一段静好的岁月
再给未来装满全心的憧憬

老树

身体还在一片混沌中

意识先醒了

我感受到了清透的光亮

抬眼看着窗外被绿意装饰过的凌乱的枝丫

我出生就面对着这么一片林子

它比我年长

比我更早生活在这片土地上

根也扎得比我深，所以

我丝毫不担心它会就此枯萎

凋零在这个冬季

我是山里长大的孩子

叫得出地里每棵菜的名字

尝遍了山上酸甜苦涩的野果子

终身携着一副

被纯净的露水浇灌的皮骨

多少年后，年少轻狂的梦想尘埃落定

原来我的远方……

就在脚下，谁说

停在原地就毫不费力

谁说朝九晚五的生活

就该浑身散发着咸鱼的腥香

人类脚步的抵达都有定数
每座城市有大同小异的结局
村庄与村庄之间，也各有各的命脉
一片山林，就是一座繁华的国贸大厦
千万条小溪汇聚成巨型的水上乐园
城里的人们疲于奔波
一边惦念家乡，一边寻找出路
村里的人念着远方
一面厌弃生活，一面回归自我
看窗外那片古老的竹林
它们被地底下的根系绊住了脚
却努力将枝丫伸向更高远的天空

年关

距除夕夜还有三天
我和父亲从香火铺里搬出来一堆鞭炮和油烛
此刻，我才真真意识到
年近了——
天气预报明天有雪
这红彤彤的年，就夹在
萧疏的雨雪中
我卷起衣袖，与过去的时光告别
像是有一场硬仗要打
像是泥泞的村落打造重生
我将眼睛看向前方
看向雪花飘落后的第一个黎明
那时阳光明媚，新年伊始
是个晴天

与春天决裂

又是一个雨天
腐烂的叶子钻进了土里
我是这寒潮里的太阳
隐匿在云里，顾不上草木重生的祈祷
昨日就立春了
你曾是我的春天
温润、灿烂，拥有
花儿般明媚的笑脸
云里的太阳与这个春天决裂
平凡地、顽固地、安安稳稳地
活在自己的冬天里

消失的雪花

挤掉新年的第一颗青春痘

站在老屋门前

忆起无数个懵懂的傍晚

我都是朝这个方向看着远方的山头

但是，那些时光都被我遗忘了

我像是在一瞬间来到了现在

火盆里的炭火还是一如既往，烧得通红

祖母还坐在旁边的凳子上抽烟

一切都如从前

似乎又不再是从前

祖母眼里的那座山也老了

厚厚的白雪盖住了山头

我看着漫天飞扬的雪花

有一朵就消融在这个春天里

两个世界

岁月枯黄，落霞映照残雪
这春寒里的油菜苗倒是碧绿从容
你也看见了
今天的太阳没有从东边升起来
却从另一个方向款款落下
其实，一个人也可以是两个世界
就像理想与现实的碰撞
我们明明都没错
却还是会站在彼此的对面
脚下的距离仅一步之遥
一开口便浩渺无际

她可能不再知道我的心事

我喜欢冬天的风
所以，不管她从哪个方向吹来
都不算打扰
被寒风吹得脸颊刺痛的时候
会想：等哪天我老了
就回到山脚下那栋温暖的房子里
有风吹来时还躲进祖母的卧房
那时，她可能不再知道我的心事
但我可以每天傍晚登上山冈
坐在土坯旁，看着夕阳的余晖
陪着她宁静地落下

雪的告白

人间二月的雪

像一场纷纷扬扬的告白

是离开的人留给春天的千言万语

别害怕，这个世界总会变成圣洁的模样

如果你独自走在黑夜中

那一片银白就是最好的印证

要相信，终有一天

真诚的人会变成一个整体

就像雪花融入大地

有阳光照下来的地方

就是传说中的天堂

春寒

不要费心叫醒我

我们终于做完了一个完整的梦

要离开了，我开着酒红色的轿车

独自走进迷雾中

什么也别说，黎明泛着泪花

在车顶洒了一层薄薄的露

冬天也该过去了

春天还没来，二月的雪花

成全你广阔的大地

融化的雪水，浇灌着坚韧的草尖

二〇二一年的冬天尤其寒冷

但……没关系

也许人们总是后知后觉

却已然踏上了春的征途